Ma robe couleur de fruits

Myriam Gallot

MiNi
SYROS

Mini Syros Romans

Couverture illustrée par Julia Wauters

ISBN : 978-2-74-851719-4

25, avenue Pierre-de-Coubertin, 75013 Paris

Chapitre 1

Parfois, j'aimerais que l'argent pousse sur les arbres, comme les fruits. Plus les billets seraient mûrs, plus ils vaudraient cher. On n'aurait qu'à les cueillir.

Ils commenceraient verts, à 5 euros, puis pousseraient, pousseraient. Jusqu'à valoir 1 000 euros et se détacher tout seuls. Ça existe, les billets de 1 000 euros ? Je crois que c'est presque ce que gagne papa en un mois.

Avec ma belle-mère, ils veulent se

marier. Ils en parlent souvent. Ils ont même fixé la date, l'année prochaine.

Ma petite sœur Élodie et moi, on sera demoiselles d'honneur. On présentera les alliances sur un coussin de satin brodé, lors de la cérémonie à la mairie. On tiendra le voile et la traîne de la mariée. Les gens nous verront sur la plupart des photos. Ils nous admireront.

Cette fête sera aussi un peu la nôtre.

Le plus important ? La robe que je porterai. Je feuillette des revues qu'une amie de ma belle-mère, qui s'est mariée au printemps dernier, lui a données. Des modèles de robes de mariée sont présentés par des femmes qui posent dans des décors champêtres. Je m'en inspire pour réaliser des dessins que j'affiche au-dessus de notre bureau commun, avec ma petite sœur. On dort dans la même chambre, dans des lits superposés. Je suis en haut, elle en bas.

Je rêve presque chaque nuit de ma robe de demoiselle d'honneur. Dans certains cauchemars, elle est moche ou ridicule. Une fois, je portais une tenue de Pierrot... Vous imaginez ! Un mariage en pantalon bouffant, avec un bonnet noir ! Dans les vrais rêves, elle est grandiose et majestueuse. Débordante de soie sauvage et de dentelle. Je suis déçue, au réveil, de me rendre compte qu'elle n'existe pas. Il me reste les rêves de la journée pour compenser. Ils ne sont jamais aussi réels que ceux de la nuit.

Ma belle-mère, Sylvie, a rapporté de la médiathèque le DVD de la comédie musicale *Peau d'âne*, avec Catherine Deneuve en princesse aux très longs cheveux blonds. Elle l'a regardé avec nous. Sur les conseils chantés de la fée des Lilas, la princesse demande trois robes à son père : une robe couleur de soleil, une robe couleur de lune et enfin une robe couleur du temps, bleu ciel avec les ombres des nuages qui passent.

En découvrant cette dernière, instantanément, j'ai eu une vision :

– Je voudrais une robe couleur de fruits au mariage !

– Moi aussi, je voudrais une robe couleur de fruits ! s'est exclamée ma petite sœur.

Chapitre 2

Sylvie nous l'avait promis à toutes les deux. Samedi, nous irions dans un magasin de robes de mariée. Elle ferait des essayages. On lui donnerait notre avis. Et nous aussi on s'admirerait avec nos robes.

– Ils ont des robes de demoiselle d'honneur, dans cette boutique ! nous avait-elle assuré.

Les portants du magasin regorgent de froufrous et de froissements délicats. De tissus chatoyants. Doux. De paillettes.

De nacre. Même de plumes. Les pétales de rose sont tellement bien imités qu'on dirait qu'ils sont naturels. J'ai envie de toucher, de caresser. De déguster. Si seulement les étoffes étaient comestibles !

On a le droit d'essayer cinq robes. J'en prends cinq en taille enfant. Élodie en prend cinq aussi. Sylvie en sélectionne cinq. Elle a beaucoup plus de choix. Le rayon adulte occupe presque toute la boutique. À nous trois, on en essaie quinze !

Dans un grand miroir devant les cabines, on s'admire des pieds à la tête. Je ne pourrais jamais en choisir une. Toutes les robes me plaisent. La vendeuse me recommande un diadème qu'elle fixe à mes cheveux. Je tourne, me retourne. Je souris. C'est un conte. Je ne suis plus une demoiselle. Je suis une princesse de comédie musicale. Aussi attirante et mystérieuse que Catherine Deneuve dans *Peau d'âne*.

– Il nous faut encore réfléchir, explique ma belle-mère à la vendeuse, en sortant des cabines. On reviendra.

Pour acheter ces robes, il faudrait plusieurs billets bien mûrs. Chez nous, ils sont plutôt verts et n'ont jamais le temps de prendre des couleurs. On doit les dépenser avant.

Papa a essayé de remporter beaucoup d'argent. Il a tenté à plusieurs reprises de décrocher la cagnotte de l'Euromillions. Avec ma belle-mère, ils ont participé au concours du plus beau couple sur un site Internet. Les vainqueurs se voyaient offrir un mariage de luxe. Ils ont passé plusieurs soirées à compléter leur « profil », décrire leur cérémonie idéale, envoyer les photos d'eux les plus avantageuses. Rien n'a marché. On n'a pas gagné.

À chaque fois que je passe devant la boutique en me rendant à l'école, je contemple les robes de mariée dans la vitrine. Deux garçons de ma classe se sont moqués de moi quand ils m'ont surprise en admiration, le front collé contre la vitre.

– Eh, Cendrillon ! T'as envie de te transformer en princesse !

Sylvie va à la banque alimentaire toutes les semaines. Elle ramène un carton de nourriture qui nous permet de tenir presque jusqu'à la distribution suivante et qu'elle complète en faisant quelques courses. On ne choisit pas les biscuits qu'on veut, mais on a la surprise de découvrir les produits qu'elle a récoltés en ouvrant le carton : raviolis, petits pois, yaourts aux fruits, jambon, bocal de cornichons, chaque semaine ça change. Il arrive même qu'on trouve des bonbons.

Au moins, d'autres ne les ont pas mastiqués avant nous. Alors que les vêtements... Ceux qui ne vont plus à d'autres nous sont donnés par le Secours populaire. J'ai un peu honte, à l'école.

– C'est pas pour être méchante, mais toi, Lyna, tu portes jamais de fringues neuves, tout ce que t'as, on te l'a donné !

m'a balancé Amélie, ma meilleure copine, un jour où on s'était fâchées à cause d'une corde à sauter qui avait disparu.

Sur le coup, j'ai encaissé. J'ai rétorqué que les fringues qu'on me passait étaient souvent de marque et très jolies. Bien sûr, j'ai gardé pour moi que certains jeans avaient un look usé parce qu'ils étaient vieux, effectivement – les déchirures n'avaient pas été faites en atelier.

Rentrée à la maison, je me suis effondrée en larmes. Qu'est-ce que j'y pouvais, si on n'avait pas assez d'argent pour acheter du neuf ? Ma petite sœur m'a consolée :

– Quand on sera grandes, on aura plein de sous et on s'achètera tous les vêtements qu'on veut !

Heureusement, en dépit de nos problèmes financiers, ma belle-mère a un caractère jovial. Papa reste moins à glander devant la télé depuis qu'elle vit avec nous. Il a décroché un nouveau travail dans une société de gardiennage. Avant, il était au chômage. Pourvu que le mariage ne la change pas, qu'elle ne devienne pas une méchante marâtre de conte de fées, avec l'horrible caractère de celle de Cendrillon !

Le soir, elle surveille nos devoirs. Elle a appris à ma petite sœur comment lire l'heure sur une montre à aiguilles. Elle contrôle mes divisions, elle me fait faire des dictées. Elle n'est jamais sévère. Au contraire, on rit souvent, avec elle.

Elle est notre fée des Lilas à nous.

CHAPITRE 3

À la banque alimentaire, Sylvie s'est renseignée auprès d'une dame retraitée bénévole qui distribue les denrées. Était-il possible d'avoir des produits allégés ? Elle devait mincir en vue de son mariage.

– Vous allez vous marier ? Mes félicitations ! s'est réjouie la dame. Vous avez déjà fixé la date ?

Sylvie est revenue enchantée à la maison. La dame avait suggéré de coudre nous-mêmes les robes pour le mariage.

La sienne, la mienne et celle de ma sœur.

On aurait accès à un local associatif avec le matériel nécessaire. Il faudrait juste qu'on paie le tissu et les fournitures, c'est-à-dire les fermetures Éclair, les boutons et les élastiques. Ce serait beaucoup moins cher que d'acheter des robes toutes faites dans un magasin. Elle nous guiderait. Elle avait consacré une bonne partie de sa vie à confectionner des costumes d'opéra. Avant la retraite, elle était couturière professionnelle.

Elle nous a fixé un premier rendez-vous au local associatif « Les doigts de fée » le samedi suivant. Je me suis figuré une dame avec un chignon serré et une croix dorée en pendentif.

En fait, pas du tout.

Malgré son âge, je saisis immédiatement à son style qu'elle aime la fantaisie. Ses cheveux sont courts, teints en rose, les verres de ses lunettes ont la forme d'ailes de papillon, elle porte un chemisier sur lequel est imprimée une longue girafe dont les pieds sont à la taille et la tête à l'épaule.

– Bonjour, je m'appelle Françoise !

– Bonjour, Framboise ! répond ma petite sœur.

Je ne sais pas si elle s'est trompée ou si elle l'a fait exprès. Toujours est-il que Françoise ne relève pas. Peut-être qu'elle n'a pas bien entendu ?

Elle nous fait la bise sans nous connaître. Une bise gentille, emplie de bienveillance.

Elle entre dans le local, dont elle a la clé, et nous la suivons. Un grand établi envahit le centre de la pièce. Plusieurs machines à coudre occupent chacune une petite table. Des tissus et des fils sont rangés sur une étagère, ainsi que de nombreuses boîtes sur lesquelles des mots sont inscrits au marqueur : *ciseaux*, *dés*, *mètres*, *canettes*, *épingles*, etc. Nous sommes seules, mais j'ai le sentiment d'arriver dans un lieu habité. Un lieu vivant. Je n'ose rien toucher, au contraire d'Élodie qui s'est précipitée sur les bobines de toutes les couleurs.

– Vous m'aiderez ! Même avec mes lunettes, je n'arrive plus à passer le fil dans le chas de l'aiguille. Le mal des couturières, quand elles prennent de l'âge !

D'après Sylvie, Françoise, sous ses airs modestes, maîtrise toutes les techniques de couture ainsi que les différentes étapes de la fabrication d'une robe.

La première, c'est de choisir un modèle. Sylvie a découpé une photo dans un magazine, qu'elle montre à Françoise. Elle sait exactement ce qu'elle désire. Peut-être y a-t-elle pensé autant que nous, en secret ?

– Et toi, Lyna, tu veux quoi comme robe ? me demande Françoise.

– Une robe couleur de fruits !

– Moi aussi, je veux une robe couleur de fruits ! s'écrie ma petite sœur.

– On va vous faire à toutes les deux une magnifique robe couleur de fruits.

Ouf ! Elle n’a pas été décontenancée par notre souhait bizarre.

– Je vais chercher des idées. Revenez samedi prochain, on ira acheter le tissu ensemble !

Chapitre 4

– Qu'est-ce que vous diriez d'une robe longue ornée de fruits en tissu ?

Depuis la semaine dernière, Françoise a réalisé un croquis au feutre, qu'elle nous montre, à ma petite sœur et moi.

– Je ne suis pas Karl Lagerfeld, mais j'ai de l'inspiration ! Le tissu pourrait être ivoire, de la même teinte que la robe de la mariée, avec un joli tombé, et on découperait des pièces colorées en forme de fruits, qu'on assemblerait à la robe.

Françoise tire déjà des tissus de son grand cabas.

– J'ai pris ceux-là chez moi. On pourrait fabriquer les fruits avec, ce sont des chutes qui me restent.

– Waouh ! s'écrie Élodie en tripotant un à un chaque coupon.

– L'idée vous plaît ?

Sylvie jubile. Françoise me regarde avec insistance. L'émotion m'empêche de lui répondre. Elle s'est plantée en travers de mes cordes vocales et les a paralysées.

Je voudrais dire : « Votre idée est géniale ! J'adore cette robe ! J'ai hâte de la porter ! »

Françoise me prend dans ses bras. Elle a compris sans mots.

Elle vient de dessiner mon rêve.

Chapitre 5

Je n'aurais jamais cru que fabriquer une robe serait si compliqué. Sans Françoise, j'en suis certaine, même avec le matériel prêté au local, on n'y serait jamais arrivées.

La semaine dernière, elle a pris nos mesures afin de savoir quelle longueur de tissu acheter. Grâce à un mètre et à un crayon papier, elle a noté nos tours de poitrine, de taille, de hanches, nos longueurs de jambes, de buste, de dos, la largeur entre nos deux épaules, notre tour de cou. En tout, une bonne dizaine de mensurations chacune. Pour ma petite sœur et moi, elle a prévu une marge car nous allons grandir d'ici huit mois. Sylvie, au contraire, a tenu à se confectionner une robe une taille en dessous de la sienne. Vu qu'elle fait un régime, la robe la motivera à le poursuivre. Son objectif sera d'arriver à rentrer dedans.

Au magasin, avec Françoise, on a choisi trois sortes de tissus. Un taffetas ivoire, épais et craquant, légèrement brillant. Un tulle rigide pour les jupons, « le même que celui des tutus de danseuses », dont chacun comportera deux épaisseurs qui lui donneront du volume. Et un tulle souple pour le voile de la mariée.

– On va commencer par découper des patrons de papier ! dit Françoise.

– Qu'est-ce que c'est, des patrons ?

Je savais que mon père avait un « patron », mais vu qu'il ne fait pas de couture, ça ne doit pas être la même chose.

– Les patrons sont la forme des pièces qu'on assemblera afin d'obtenir la robe. Pour une fois, ce ne sont pas eux qui décident. Nous leur donnons le contour dont on a besoin !

Françoise sort un rouleau de papier géant du bas de l'étagère, qu'elle déroule sur l'établi. Avec une longue règle en bois et un crayon, elle dessine savamment des formes que Sylvie, Élodie et moi découpons en nous appliquant. Puis elle les épingle sur trois mannequins de couture préalablement réglés à nos mensurations. Elle redessine sur le papier et refait quelques découpes.

– Le tombé du tissu sera très différent. Qu'est-ce que vous en pensez ?

Je suis un peu perplexe. Je n'arrive pas à me représenter le résultat. Ces mannequins habillés de papier ne ressemblent à rien. Déjà qu'ils sont sans tête, avec le papier, ils tiennent plus de l'épouvantail que de la demoiselle. On dirait des fantômes de robes – ou, encore pire, des robes de fantômes.

Sylvie ne dit rien non plus. Elle doit avoir la même impression.

– Bon ! dit Françoise sans se laisser déstabiliser par notre silence. On va découper les pièces dans de la toile blanche pas chère et faire un premier essai sur vous sans toucher au tissu qu'on a acheté. Si ça ne va pas, il sera toujours temps de recommencer !

Françoise dépingle ses « patrons » et nous nous en servons de modèle pour découper la toile blanche, qui est « à libre disposition ».

Elle réépingle les nouvelles pièces en toile sur les mannequins. Ils ont déjà l'air plus habillés, ainsi.

– Nous assemblerons le tout avec la machine à coudre samedi prochain.

On retrouve la banane, bien qu'on soit exténuées et qu'elle soit un tantinet ramollie. Je regarde ma montre. Cinq heures qu'on est dans l'atelier. On n'en peut plus. Ma petite sœur a le regard fixe, sans expression. Ma belle-mère aussi a pris sa tête de fin de journée, les yeux cernés, et une légère sueur sur les joues.

– À samedi ! s'exclame Françoise, qui ne semble pas fatiguée, alors que, à elle seule, elle totalise plus que la somme de nos trois âges respectifs.

Chapitre 6

Le samedi suivant, Françoise nous fait une surprise : pendant la semaine, elle a cousu elle-même à la machine les modèles en toile qu'on avait laissés sur les mannequins avec leurs épingles. Sa nièce, qui lui a rendu visite, a passé le fil dans le chas de l'aiguille de sa machine à coudre. Ainsi, dès qu'on arrive, les robes en toile sont prêtes pour le premier essayage. Je quitte mon tee-shirt et mon jean, tout excitée. Françoise m'aide à passer la robe en toile.

– Tu as un miroir, là-bas, dans l'angle !

La robe est plate en l'absence de jupon de tulle. Et elle n'a pas de fermeture Éclair. Une fois encore, il faut « se projeter », me dit Françoise, qui remarque la disparition soudaine de mon enthousiasme.

– Pas mal ! juge-t-elle en me tournant autour. Il faut prévoir un peu moins de tissu au niveau des aisselles. Ça bâille !

Elle épingle le tissu superflu et me demande de faire attention à ne pas me piquer en enlevant la robe.

Le même défaut apparaît sur la robe d'Élodie. En revanche, celle de Sylvie demande plus de retouches. Il faut dire que sa robe la boudine, étant donné qu'elle n'a pas encore perdu ses kilos « en trop ».

– Sûre de ne pas vouloir la faire à vos mensurations actuelles ? interroge Françoise.

– Certaine ! Dans quelques mois, je ferai une taille de moins !

Françoise rectifie avec des épingles la poitrine, le décolleté et la longueur de la traîne.

– On va pouvoir se lancer avec le vrai tissu !

D'abord, il faut découdre le modèle en toile et redéfinir sur le patron les formes où Françoise a mis des épingles. Puis découper le beau tissu suivant ce patron.

Ensuite, faire des ourlets et assembler les pièces entre elles. Eh bien, vous me croirez si vous le voulez, ce n'est pas une mince affaire !

Françoise nous apprend à nous servir d'une machine à coudre. En échange, on lui passe le fil dans le chas de l'aiguille. Sylvie ne sait pas coudre non plus. Elle doit retourner à l'école comme nous – l'école de Françoise, pas celle des maîtresses.

– Tout à l'heure, on a interro ! blague-t-elle.

Françoise assure les opérations difficiles : faire des fronces au niveau de la taille ou coudre les jupons en tulle avec leur élastique (le tulle se déchire facilement).

Souvent, le tissu part de travers. La couture est irrégulière. Tordue. Trop épaisse. Françoise utilise un « découd-vite », et on reprend, jusqu'à obtenir un résultat satisfaisant. Elle aide davantage ma petite sœur, qui a plus de difficultés. Souvent, elle fait à sa place. Sa patience est à toute épreuve. Et elle est très rapide ! À côté, je travaille avec la vitesse et la dextérité d'une limace saoulée à la bière entre deux rangs de radis.

Pendant plusieurs mois, une joyeuse complicité féminine s'installe chaque samedi. Aller aux « Doigts de fée » n'est jamais une corvée. En plus, mon père n'a pas vu les robes et on fait gaffe de ne jamais en parler devant lui. Il sait juste qu'on vient régulièrement au local de couture. Il doit se douter qu'on mijote quelque chose, sans savoir quoi.

On anticipe sa réaction, le jour du mariage. Pourvu qu'il soit bluffé !

Chapitre 7

Enfin, l'essayage des vraies robes a lieu. Sans mentir, elles sont aussi belles que celles qu'on a passées dans le magasin. Plus belles encore, je dirais. Avec le jupon, elles ont gagné en majesté, et nous en fierté.

Françoise utilise encore quelques épingles ici ou là. Une couture est à reprendre, un ourlet à raccourcir. Il reste un peu dc travail.

– Et les fruits ? interroge ma petite sœur, inquiète de ce qu'ils aient été oubliés.

– Les fruits... ils doivent être assez mûrs, à présent ! déclare Françoise. On va pouvoir les coudre sur vos robes !

Elle sort de son cabas trois modèles de fruits qu'elle a dessinés et découpés dans ses chutes de tissus. Une poire, un abricot, une cerise.

– Ils vous plaisent ?

– Mais ils n'ont pas de queue ! constate Élodie.

– On les fera avec des perles vert irisé que l'on coudra directement sur la robe !

Françoise pense à tout. Depuis des semaines, elle a réfléchi à chaque détail.

– D'abord, il faut découper une bonne dizaine de chaque fruit dans les chutes de couleur ! Si vous voulez, vous vous en occupez pendant que la mariée et moi on fait les retouches sur les robes.

Les fruits nous ont pris encore trois samedis. Après les avoir découpés, il a fallu leur faire à chacun un ourlet. Françoise nous a aidées, surtout pour les cerises qui étaient plus petites, donc embarrassantes à manier. Ensuite elle nous a montré comment coudre chaque fruit à la main sur les robes.

Et il a fallu encore dédier un samedi à l'ajout des perles vert irisé qui forment les queues et que Françoise a rapportées de chez elle. Ma petite sœur a commencé à râler. Elle en avait marre, de cette robe. Les fruits n'étaient pas une si bonne idée. La robe aurait été mieux sans.

– C’est souvent ça, la couture ! tempère Françoise. Les finitions sont le plus long. Le résultat en vaudra la peine !

Pendant qu’on se consacrait laborieusement à nos fruits, Sylvie et elle ont fabriqué un bouquet de mini-fruits en tissu bourrés d’ouate. Chaque fruit est monté sur un fil de fer vert, puis relié aux autres par un ruban noué.

– Au lieu d’avoir des fleurs à la main, j’aurai des fruits !

– Et tu seras assortie à nos robes ! ajoute Élodie.

Finalement, il est plus chouette de fabriquer soi-même ses vêtements que de les acheter tout faits. Je ne parle pas des vêtements qu'on nous donne, ils sont d'office hors concours. D'accord, ça prend du temps. Mais on choisit la couleur, le tissu et la coupe. On réalise un modèle unique. On est sûr de ne trouver personne d'autre avec le même.

– Maintenant, vous connaissez l'existence des « Doigts de fée ». Si vous voulez y créer des vêtements, je vous y retrouverai avec plaisir ! propose Françoise.

Dès samedi prochain, j'ai envie de revenir. Sinon, je vais m'ennuyer. Qu'est-ce que je faisais, avant, le samedi après-midi ? J'ai pris goût à la couture. J'ai pris goût à passer du temps avec Françoise.

Amélie, ma meilleure copine, est motivée aussi. Elle voudrait se coudre un short pour l'été. Depuis des semaines, je lui parle de Françoise et des « Doigts de fée ». Elle est un peu jalouse.

– Cadeau, les filles ! Je tenais à vous féliciter de votre courage et votre persévérance.

Françoise brandit quatre petites barrettes à cheveux. Elles sont rouges avec des fruits. Françoise pense vraiment à tout.

Chapitre 8

Jour J. Le mariage.

Papa nous a attendues debout sur le seuil de la mairie. En costume neuf qu'il est allé acheter avec Sylvie, grâce aux sous économisés dans une boîte à galettes bretonnes en métal. Il a arrêté de fumer et, tous les deux jours, au lieu de se payer son paquet de cigarettes, il a glissé un billet vert, de 5 euros, dans la boîte. Un soir, il a craqué, il a acheté des clopes. Il n'en a fumé qu'une, puis il a jeté le reste du paquet à la poubelle, écœuré de lui-même, s'accusant de manquer de volonté. Pour se rattraper, il a mis deux billets au lieu d'un dans la boîte.

Devant la mairie, il arbore une pochette orange, en harmonie avec sa cravate, et il s'est rasé. Sa posture est plus raide que d'habitude. Il doit stresser. Son pied bat nerveusement la mesure sans musique – s'il y en avait, ce serait au moins de la techno. Il faut dire qu'il a passé la nuit seul à la maison.

Nous avons dormi chez les parents de Sylvie afin qu'il ne découvre pas nos robes avant la cérémonie. Nous descendons royalement de leur voiture, une 406 plus vieille que moi et un peu cabossée.

Papa nous voit.

Avec Élodie, on s'est maquillées grâce aux produits prêtés par Sylvie. On porte la traîne et le voile de la mariée, qui a réussi à perdre les kilos nécessaires pour entrer dans sa robe.

Le pied de papa a cessé de battre la chamade. Il embrasse Sylvie sur la bouche. Il nous enlace par l'épaule, ma sœur et moi. Pataud et gauche comme un manchot déguisé en empereur. Je n'ai pas l'impression qu'il sourie. Son visage a une mimique inaccoutumée que je n'arrive pas à interpréter.

Sur le perron, Françoise nous prend tous les quatre en photo, avant que les autres invités ne nous rejoignent.

– Surtout ne bougez pas ! Vous êtes superbes !

Elle est vêtue d'une robe couleur « framboise », une « allusion à la manière dont l'a appelée Élodie au local », nous précisera-t-elle – comme quoi elle avait bel et bien entendu. Une robe à falbalas, asymétrique, exubérante chez une dame de son âge. Assortie à ses cheveux.

Sur la photo prise par Françoise au perron de la mairie, mon père esquisse un geste de la main plus visible que la larme qu'il cherche à camoufler.

Ou alors un pollen lui chatouille l'œil.

L'auteure

Myriam Gallot est née à Saint-Étienne en 1978 et vit à Lyon. Elle aime broder patiemment des histoires pour ses jeunes lecteurs.

De la même auteure, aux éditions Syros

L'Heure des chats, coll. « Tempo », 2010
Le Pays à l'envers, coll. « Tempo », 2013
760 générations, coll. « Tempo », 2014
Ma vie sans mes parents, coll. « Tempo », 2016

Dans la collection « Mini Syros Romans »

Un amour de poule
Claudine Aubrun

Le Magot des dindons
Claudine Aubrun

La Balle de match
Roland Fuentès

Dépêche-toi, tonton !
Roland Fuentès

Tonton Zéro chouchou de la télé
Roland Fuentès

Ma robe couleur de fruits
Myriam Gallot

Mon p'tit vieux
Jo Hoestlandt

Le Petit Napperon rouge
Hector Hugo

Jambon, fromage et potiron
Sandrine Kao

Un marronnier sous les étoiles
Thierry Lenain

Mamie a disparu
Marie Leymarie

Allô Jésus, ici Momo
Éric Simard

La Valise oubliée
Janine Teisson

Suzanne a un truc
Anne Terral

Je suis amoureux d'un tigre
Paul Thiès
(sélectionné par le ministère de l'Éducation nationale)

Le Voleur de bicyclette
Leny Werneck

Livraison d'amoureux à domicile
Cathy Ytak

Loi n° 49-956 du 16 juillet 1949
sur les publications destinées à la jeunesse,
modifiée par la loi n° 2011-525 du 17 mai 2011.

Mise en pages : DV Arts Graphiques à La Rochelle.
N° d'éditeur : 10212847 – Dépôt légal : janvier 2016
Achevé d'imprimer en décembre 2015
par Clerc (18200, Saint-Amand-Montrond, France).

MIXTE
Papier issu de
sources responsables
FSC® C022030